DISCOURS

PRONONCÉS SUR LA TOMBE

DE

M. CHRÉTIEN-FRÉDÉRIC SALZMANN

ancien Maire, ancien Président du Comice agricole de Ribeauvillé, Membre du
Conseil général et chevalier de la Légion-d'Honneur,

décédé à Ribeauvillé, le 9 septembre 1868.

Par M. Klée, maire de la ville de Ribeauvillé.

Messieurs,

C'est au nom de la ville de Ribeauvillé que je prends la parole. N'attendez pas de moi que je fasse ici l'éloge de l'homme privé, de ses qualités intimes : je ne dois vous entretenir que du fonctionnaire, de l'administrateur.

Dans sa longue et honorable carrière, Frédéric Salzmann a pris une part très-active aux affaires de cette ville, comme conseiller municipal et, à deux reprises, comme maire. A quelque degré de l'échelle administrative qu'il se trouvât, il s'est concilié l'estime et l'affection de ses concitoyens. Sa grande vertu était la tolérance. Dans ses rapports avec les différents cultes, non-seulement Salzmann n'entravait pas ce que pouvait être permis ou toléré, mais il accordait toujours et volontiers avec bienveillance et empressement. Et en agissant, celui que nous pleurons était pur d'intentions. Salzmann fut tolérant, parce qu'il était essentiellement généreux et essentiellement sociable. Chez lui, la bonté était comme le rayon de lumière, qui en passant par le prisme, se décompose en ses éléments et se révèle sous les couleurs les plus variées.

En politique, Salzmann a toujours appartenu aux idées libérales. Franchement rallié à l'Empereur Napoléon III, il a aimé le progrès, non pas ce progrès qu'on pourrait appeler avant l'heure qui s'arme de l'éclopie et dédaigne l'expérience, qui amoncelle les ruines et prend l'agitation pour le mouvement. Lui, il a aimé le progrès vrai, sage et lent, qui procède avec réflexion, qui substitue méthodiquement au passé et le remplace, qui veut la satisfaction possible de besoins réels et légitimes.

Les qualités de l'esprit, Salzmann savait surtout les faire valoir au sein du conseil municipal. La parole claire, facile et élégante le servait merveilleusement dans l'exposition d'un sujet, comme aussi le jugement était pour lui un guide sûr, lorsqu'il s'agissait de soutenir une discussion, de diriger les débats, de saisir jusqu'aux moindres nuances les opinions émises et de clore une délibération par cette synthèse qui applique, éclaire et prépare le vote. Au reste, toujours calme, attentif, habile à profiter des circonstances, plein de bienveillance à l'égard de ses collègues, poli et courtois avec les contradicteurs, sachant à l'occasion retourner le trait et ne conservant jamais le souvenir d'une blessure de l'amour propre.

Dans ces derniers temps, on a voulu reprocher au défunt trop d'attachement à ses opinions. Voici ma réponse : La légèreté d'esprit et l'obstination sont placées aux antipodes de la vie. Si l'on a tant d'indulgence pour l'une, pourquoi tant incriminer l'autre !

La grande pensée de Salzmann a été d'élever Ribeauvillé à la hauteur de Guebwiller, Thann, Sainte-Marie-aux-Mines, il y a quarante ans, nos sœurs cadettes, et ce rève, il l'a caressé jusqu'à la fin de sa vie. Ces vœux sont restés stériles. C'est que le développement de l'industrie dans une localité exige un concours de circonstances favorables : Chez la population, un instinct, un besoin, je dirai un manque de ressources. — Sur les lieux, des moteurs naturels et des communications faciles, — un talent, un génie qui s'essaie, s'enhardit et triomphe ; des capitaux dont l'abondance déborde.

Toutefois, la poursuite de ce grand but, n'a pas empêché Salzmann de s'occuper fructueusement des débats de l'administration intérieure. C'est à lui que nous devons notre belle statue allégorique, l'éclairage au gaz, l'organisation de notre compagnie de sapeurs-pompiers, le télégraphe électrique. C'est lui qui a restauré notre splendide promenade et les ruines qui couronnent nos montagnes ; c'est lui qui a créé notre école secondaire et la bibliothèque communale. — Dans toutes ces questions, dont plusieurs longtemps à l'ordre du jour, Salzmann s'est montré esprit judicieux. Il savait que pour réussir il faut le moment opportun. Ce moment s'est présenté dans ces derniers temps et la main de l'administrateur l'a saisi avec confiance et succès.

Et que l'on ne croie pas que cette influence salutaire se soit bornée à cette ville. Dans le canton, dans les cantons limitrophes rien de ce qui contribue au bien-être des populations ne s'est fait sans lui. Dans un comice du peuple, où sous la direction éclairée du gouvernement on s'occupe beaucoup plus des intérêts locaux que généraux, Salzmann occupait la place d'honneur, et, lorsqu'il n'était qu'au second rang, lorsqu'il se trouvait là quelqu'un de plus digne que lui, sa parole était encore écoutée avec recueillement, ses conseils étaient toujours pris en sérieuse considération. Vous le savez, Messieurs, depuis la nouvelle organisation des comices agricoles, Salzmann fut honoré de la présidence du district qui se compose des cantons de Kaysersberg, Lapoutroye, Ribeauvillé et Sainte-Marie-aux-Mines.

A trois reprises, Salzmann a eu l'honneur de représenter notre canton au conseil général du département. Je regrette, Messieurs, de ne pouvoir apprécier ici les travaux du conseiller général, travaux qu'il a fait en collaboration avec les hommes les plus distingués du département. Ce que je crois, ce dont je suis certain, c'est que là aussi notre mandataire a mis à l'accomplissement de ses devoirs le zèle et les talents qu'il a déployés dans l'administration de notre ville.

Tant de travaux méritaient une récompense. L'Empereur qui s'honore en honorant le dévouement à la chose publique, l'Empereur, dis-je, a voulu témoigner sa satisfaction à ce vieux serviteur. Il y a trois ans, il l'a nommé chevalier de la Légion d'honneur. Cette nouvelle produisit ici une explosion de joie et ce jour là, le vieillard fut doublement heureux.

Salzmann a obtenu une autre récompense ; c'est la considération publique, la plus belle couronne civique que je connaisse. Aussi, lorsque l'âge et les infirmités ont forcé l'octogénaire à quitter la mairie de Ribeauvillé, la reconnaissance publique l'a-t-elle accompagné dans sa retraite. Depuis, l'amour de ses concitoyens l'a entouré comme d'une atmosphère vivifiante et les vœux de tous tendaient à prolonger cette chère et belle existence.

Dieu en a jugé autrement. Salzmann est là, mais son souvenir vivra dans notre mémoire et ne s'effacera jamais de nos cœurs.

Par M. Lefébure, député et président du comice agricole de la circonscription de Ribeauvillé.

Qu'il me soit permis, Messieurs, au nom des liens si nombreux et si anciens qui m'attachaient à l'honorable M. Salzmann, d'élever la voix en ce moment et de prononcer à mon tour quelques paroles d'adieu sur cette tombe qui va se fermer.

Appelé à succéder à Frédéric Salzmann comme président d'une association dont il est resté l'âme, après en avoir été le fondateur, je croirais manquer à un devoir si je ne me rendais ici l'interprète des sentiments que sa perte inspire à tous mes collègues, perte douloureuse qui a suivi de bien près, hélas! le vide qu'il avait laissé dans notre comice agricole et qui n'a pas été comblé.

Il semble que M. Salzmann se soit préoccupé depuis quelque temps d'abandonner toutes les charges publiques qu'il avait remplies avec un zèle si consciencieux, avec un dévouement si actif et si persévérant. Plus difficile envers lui-même que l'âge n'avait été rigoureux pour ses facultés, il se persuadait qu'il n'était plus apte à remplir ces fonctions, et il tenait à y renoncer lui-même plutôt que d'en être quitté.

C'était bien là des scrupules; car nous l'avons vu,

Messieurs, jusqu'aux derniers jours, malgré ses 82 ans, assister à toutes nos réunions, avec une assiduité infatigable, prendre part aux discussions, attentif à tous les projets utiles, plein d'ardeur pour la défense de nos intérêts et pour la revendication des améliorations nécessaires.

Il avait avancé dans la vie sans y vieillir. N'a-t-il paru dans ces derniers temps s'éloigner des intérêts qui lui avaient été confiés pendant tant d'années que pour tourner ses regards vers des horizons plus hauts et donner le soin de sa vie à des préoccupations d'un autre ordre? A-t-il voulu agir désormais pour ce qui approchait et non plus pour ce qui fuyait? Nous pouvons le croire.

Mais il est un hommage que nous devons avoir particulièrement à cœur de lui rendre aujourd'hui, c'est que M. Salzmann a été animé, pour ainsi dire jusqu'à son dernier soupir, de l'ambition d'être utile à ses concitoyens.

Pour remplir cette ambition, il a su garder toute sa vie deux qualités inestimables; qualités qui semblent naturelles au premier abord, mais qui, en réalité, sont peu communes, qualités précieuses surtout dans un homme public et dont l'union suffirait presque à elle seule à l'éloge d'une vie; l'esprit du travail et la bienveillance.

L'amour du travail a défié l'âge dans M. Salzmann. Ce qui a été un hiver pour son corps, a été à peine un automne pour son intelligence.

L'aménité et la bonne grâce lui sont également demeurées fidèles, en dépit de toutes les vissicitudes, jusqu'à sa dernière heure. Et l'on peut presque dire de lui qu'il a su réaliser ce mot d'un sage: Il faut mourir aimable si l'on peut.

Assurément on trouverait sans peine dans cette noble vie bien des enseignements dignes d'être médités. Nous saurons les retenir; nous les garderons en même temps que les souvenirs précieux que nous laisse un collègue, un ami, un citoyen dévoué aux choses publiques et prodigue de lui-même.

Plus d'une fois nous renouvellerons en nous l'hommage que nous rendons aujourd'hui à ses qualités, et tout ce que nous avons aimé de Frédéric Salzmann, tout ce

que nous avons admiré en lui subsistera dans le cœur de
ses concitoyens et de ses nombreux amis.

———

M. Léon Lefébure a pris ensuite la parole ; en sa qua-
lité de membre le plus jeune du conseil départemental
il a tenu à se rendre l'organe de ses collègues pour
rendre hommage aux éminentes qualités du doyen d'âge
du conseil.

Il l'a fait en quelques paroles bien senties où l'élévation
de la pensée s'alliait heureusement au choix des ex-
pressions, et son improvisation, qui répondait si bien au
sentiment général, a obtenu un assentiment unanime.

———

Par M. Alexandre Jöranson.

Citoyens,

Des voix plus autorisées que la mienne vous ont entre-
tenu du citoyen vertueux, de l'homme de bien dont nous
allons confier à la terre la dépouille mortelle. Pour oser
prendre la parole, au milieu de cette nombreuse assis-
tance et réclamer un instant votre bienveillante attention,
je suis obligé de faire un effort pour comprimer la douleur
dont mon cœur est accablé ; mais je crois remplir un
devoir sacré, en consacrant quelques mots à la mémoire
de l'homme à qui j'avais voué une affection toute filiale
et qui m'honorait d'une amitié dont je serai éternellement
fier et reconnaissant.

Il est bien rare dans les temps où nous vivons de
pouvoir dire d'un homme à la suite d'une carrière si
longue et si honorablement parcourue, *il n'a jamais fait*

de mal, comme nous pouvons le dire avec orgueil de celui dont le départ excite des regrets aussi unanimes que vivement sentis. C'est un exemple à citer à la génération actuelle, laquelle, s'inspirant de la déplorable maxime, « enrichissez-vous, » ne cherche que la satisfaction des besoins matériels sans le moindre scrupule sur le choix des moyens pour réussir. Il est utile de le lui faire voir, en présence de l'estime universelle qui entoure le nom de celui auquel nous venons ici dire un dernier adieu et dont la devise fidèlement suivie pendant sa longue carrière, *honneur passe richesse*, est aussi celle de toutes les âmes d'élite.

Chrétien-Frédéric Salzmann naquit le 25 décembre 1785 à Riquewihr, petite ville, où l'esprit libéral et novateur dont les habitants ont toujours été animés, semble le résultat du séjour, dans leur cité, de l'un des esprits les plus éminents du dernier siècle, celui dont les écrits ont contribué pour une bonne part à hâter l'avénement de la liberté, la destruction des priviléges et des préjugés qui pesaient alors sur la nation.

Après avoir puisé les éléments d'une instruction aussi variée que solide chez le professeur Ortlieb, dont le nom doit être prononcé avec respect et reconnaissance par toute la génération qui date de la première partie du siècle, M. Salzmann embrassa la carrière commerciale et vint en 1817, fonder dans notre ville, avec son ami Schmid, un établissement industriel qui a tenu pendant de longues années un rang des plus honorables dans l'industrie du Haut-Rhin. L'estime et la considération dont cette maison a toujours été entourée, étaient dus en grande partie, au prestige attaché à l'honorabilité du caractère de M. Salzmann.

Depuis cette époque il n'a cessé de rester parmi nous, et une résidence non interrompue de 51 années lui ont donné un droit de cité que son obligeance et son affabilité lui avaient acquis dès le début de sa longue carrière.

Les principes libéraux qui lui avaient été inculqués dès sa jeunesse et auxquels il est demeuré fidèlement attaché pendant tout le cours de sa longue existence, le firent se ranger dans la glorieuse phalange, qui, pendant les dernières années du gouvernement qui nous avait été imposé par l'étranger, luttait avec ardeur contre les empiétements d'un pouvoir qui allait payer de son existence la violation du pacte constitutionnel.

Il combattit avec les Kœchlin, les Struch, les Hartmann, les Steiner, les Beyser et tant d'autres dont les noms seront toujours chers dans notre patriotique province aux amis du progrès et de la liberté.

Appelé à siéger au conseil municipal de Ribeauvillé le 14 octobre 1831 il a fait partie de cette assemblée pendant une période non interrompue de 37 années.

Chargé de l'administration municipale le 22 septembre 1848, c'est à lui qu'échut l'honneur de promulguer le 19 novembre 1848, la constitution élaborée par l'assemblée constituante. C'est le souvenir de cet acte, qui lui fit résigner ses fonctions de maire après le 2 décembre 1851, et cet acte de courageuse indépendance n'altéra en rien la juste considération du gouvernement pour sa personne. Et telle était l'estime qu'il avait su imposer par l'honorabilité de son caractère et ses talents, qu'après un intervalle de peu d'années, l'administration supérieure, vint le prier de se charger de nouveau de la conduite des affaires de la ville où son absence se faisait vivement sentir.

C'est le 24 janvier 1856 qu'il reprit ses fonctions que son extrème loyauté lui avait fait résigner 4 années auparavant. Depuis lors il en a gardé la direction pendant de longues années et je n'ai pas à m'arrêter ici sur les raisons qui le décidèrent il y a peu de mois à la remettre entre des mains plus jeunes qui s'inspireront de son exemple.

Dans le cours de sa longue administration, il a fait beaucoup de bien et son seul regret était de ne pouvoir mener à bonne fin tous les projets que son active intelligence avait conçus pour augmenter le bien-être de la ville dont il était le premier magistrat.

Souvent en butte à des attaques injustes et passionnées, il a toujours su trouver dans son inépuisable bonté, la force nécessaire de rendre le bien pour le mal et mettre en pratique cette parole d'un illustre persé cuté : « Par-

« donnez leur Seigneur car ils ne savent ce qu'ils font ! »
Pratiquant sans cesse l'oubli des offenses, il était toujours
prêt à aller tendre la main à ses adversaires d'un moment; car nous pouvons dire de lui avec fierté, il eut
beaucoup d'amis, il a pu avoir des adversaires, mais il
n'a jamais eu d'ennemis et c'est là le plus beau résumé
de cette noble existence.

Respectant toutes les croyances, d'une tolérance
extrême pour toutes les opinions, le travail incessant
de cet esprit sagace et scrutateur, l'avait porté depuis
longtemps à s'affranchir des formules surannées d'une
orthodoxie incompatible avec les progrès de la science
et de la raison humaine.

C'est lui qui fonda le comice agricole de notre circonscription, création dont les heureux résultats se font
déjà bien sentir parmi nos populations.

La confiance de ses concitoyens l'appela en 1839 à
siéger au conseil général du département, où il fut toujours entouré de l'estime et de l'affection de ses collègues;
ce mandat lui a été renouvelé dans trois élections posté-
rieures.

Au mois d'août 1846, lors des dernières élections de
la monarchie de juillet, le deuxième collége électoral du
Haut-Rhin, lui déféra à l'unanimité l'honneur de le pré-
sider, fonctions délicates dont il s'acquitta avec un tact et
une impartialité remarquables.

La croix de la Légion d'honneur est venue, il y a 3 ans,
récompenser ses longs et loyaux services, et tous nos
concitoyens se rappellent encore l'explosion d'enthou-
siasme qui accueillit la nouvelle de cette distinction si
justement méritée.

Administrateur zélé, magistrat bienveillant; personne
ne perdra le souvenir de l'aimable vieillard dont l'ex-
quise urbanité le rendait accessible à tous ; aussi lui a-t-on
créé cette auréole d'estime et d'affection qui nous autorise à
répéter qu'il fut un homme de bien dans la plus large
acception du mot.

Puissent les témoignages de sympathie d'une foule
nombreuse accourue de toute part, pour rendre hommage
à une noble vie éteinte, adoucir la juste douleur de sa famille

et lui faire comprendre qu'il faut savoir accepter les arrêts du destin, quelque rigoureux qu'ils puissent nous paraître, en se sentant soutenu par l'espoir d'un avenir meilleur et avec la certitude qu'une carrière aussi dignement parcourue n'a été interrompue, que pour recevoir la récompense due à la vertu.

Adieu donc cher et digne citoyen, repose en paix ! Ta mémoire vivra toujours honorée parmi nous et lorsque cette tombe, qui va momentanément nous séparer, sera refermée, l'opinion publique y tracera cette inscription :
« Ici repose le meilleur des hommes »

Par M. Ch. Steiner.

Messieurs,

Vous avez entendu prononcer par des voix éloquentes, l'éloge de l'homme de bien, du citoyen intègre, de l'administrateur, auquel nous venons adresser un dernier adieu.

Ma position de président de la société de secours mutuels des maîtres artisans de Ribeauvillé me fait un devoir de rappeler, sur cette tombe, au nom des ouvriers de toute sorte qui ont accompagné le convoi et que notre cimetière est trop petit pour contenir, que M. Salzmann était aussi *l'ami et le soutien des travailleurs*: et permettez-moi de le dire, de cette couronne d'immortelles que vous venez de déposer sur sa tombe, ce titre n'est pas le fleuron qui lui eût été le moins cher.

Né à l'aurore de la société moderne, M. Salzmann avait appris dès son enfance à considérer le proprès comme un besoin de la vie, les grands principes de la démocratie étaient des dogmes pour lui.

Tirer l'homme déshérité du néant par l'instruction,

relever le moral du pauvre en le faisant participer aux biens et aux plaisirs de ce monde, lui donner par l'association une force que l'isolement lui refusait, tel a été le but de sa vie publique.

J'en prends à témoin sa sollicitude pour les écoles, l'appui qu'il a prêté aux sociétés de secours mutuels, aux bibliothèques communales, aux comices agricoles. Convaincu que le plaisir est nécessaire à l'âme du travailleur, il protégeait les artistes et il donnait toujours tout l'éclat possible à nos fêtes publiques, après avoir doté la population de Ribeauvillé, d'une magnifique promenade, où la veille encore de sa mort, ses nombreux amis ont pu lui serrer la main.

Dans cette longue et honorable carrière, que de déceptions amères; oui certes, mais de découragement jamais. Et quelle joie franche un jour de triomphe!

L'homme qui travaille au bien-être public et au progrès de la société a toujours des déceptions; mais quand il est convaincu comme l'a été M. Salzmann, il ne se décourage jamais. Voilà encore une grande leçon à recueillir sur le bord de cette tombe.

Ribeauvillé, 1er septembre 1868.

Colmar, imprimerie et lithographie de C. Decker.

www.ingramcontent.com/pod-product-compliance
Lightning Source LLC
Chambersburg PA
CBHW061735180626
46818CB00006B/2631